清・蒲松齡著

聊齋志異

十一册

黄山書社

聊齋志異卷十一

淄川　蒲松齡　留仙　著
新城　王士正　貽上　評

菱角

胡大成楚人其母素奉佛成從塾師讀道由觀音祠母囑過必入叩一日至祠有少女挽兒遨戲其中髮掩頸而風致娟然時成年十四心好之問其姓氏女笑云我祠西焦畫工女菱角也問將何爲成又問有壻家無女酡然曰無也成言我爲若壻好否女慚云我不能自主

而眷目澄澄上下睨成意似欣屬焉成乃出女追而遙告曰崔爾成吾父所善用爲媒無不諧成曰諾因念其慧而多情益傾慕之歸向母實白心願母止此兒常恐拂之即浼崔作冰焦責聘財奢事已不就崔極言成清族美才焦始許之成有伯父老而無子授教職於湖北妻卒任所母遣成往奔其喪數月將歸伯父病亦卒淹留既久適大寇據湖南家耗遂隔成竄民間弔影孤惶而已一日有媼年四十八九縈迴村中日昃不去自言離亂罔歸將以自鬻或問其價言不屑爲人奴亦不願

爲人婦但有母我者則從之不較直閧者皆笑成往覘之面目間有二三顆肖其母觸於懷而大悲自念隻身無縫紉者遂迎歸執子禮焉媪喜便爲炊飯織屨劬勞若母拂意輒譴之而少有疾苦則濡煦過於所生忽謂曰此處太平幸無可虞然兒長矣雖在羈旅大倫不可廢三兩日當爲兒娶婦成泣曰兒自有婦但間阻南北耳媪曰大亂時人事翻覆何可株待成又泣曰無論結髮之盟不可背且誰以嬌女付萍梗人媪不荅但爲治簾幌衾枕甚周備亦不識所自來一日日既夕戒成曰

燭坐勿寐我往視新婦來也未遂出門去三更既盡媪不返心大疑俄聞門外譁出視則一女子坐庭中蓬首啜泣驚問何人亦不語良久乃言曰娶我來即亦非福但有死耳成大驚不知其故女曰我少受聘于胡大成不意湖北去音信斷絕父母強以我歸汝家身可致志不可奪也成聞而哭曰即我是胡某卿菱角耶女收涕而駭不信相將入室即燈審顧曰得無夢耶于是轉悲爲喜相道離苦先是亂後湖南百里滌地無類焦攜家竄長沙之東又受周生聘亂中不能成禮期是夕送諸

其家女泣不盥櫛家人强置車中至途次女顛墜車遂有四人荷肩輿至云是周家迎女者即扶升輿疾行若飛至是始停一老姥曳入曰此汝夫家但入勿哭汝家婆婆旦晚將至矣乃去成詰知情事始悟媼神人也夫妻焚香共禱願得母子復聚母自戎馬戒嚴同儔人婦奔伏澗谷一夜譟言寇至即並張皇四匿有童子以騎授母母急不暇問扶肩而上輕迅剽遬瞬息至湖上馬踏水奔騰蹄下不波無何扶下指一戶云此中可居母將啟謝回視其馬化爲金毛犼高丈餘童子超乘而去母以手撾門豁然啟扉有人出問怪其音熟視之成也母子抱哭婦亦驚起一門歡慰疑媼爲大士現身由此持觀音經咒益虔遂流寓湖北治田廬焉

邢子儀

滕有楊某從白蓮教黨得左道之術徐鴻儒誅後楊幸漏脫遂挾術以遨家中田園樓閣頗稱富有至泗上某紳家幻法爲戲婦女出窺楊睨其女美既歸謀攝取之其繼室朱氏亦風韻飾以華妝僞作仙姬又授木鳥教之作用乃自樓頭推墮之朱覺身輕如葉飄飄然凌雲

而行無何至一處雲止不前知已至矣是夜月明清潔俯視甚了取木鳥投之鳥振翼飛去直達女室女見釆禽翔入喚婢撲之鳥已冲簾出女追之鳥墮地作鼓翼聲近逼之撲入裙底展轉間負女飛騰直冲霄漢婢大號朱在雲中言曰下界人勿須驚怖我月府姮娥也渠是王母第九女偶謫塵世王母日切懷念暫招去一相聚會卽送還耳遂與結襟而行方及泗水之界適有放飛爆者斜觸鳥翼鳥驚墮牽朱亦墮落一秀才家秀才邢子儀家赤貧而性方鯁曾有鄰婦夜奔拒不納婦銜

憤去譖諸其夫誣以挑引夫固無賴晨夕登門詬辱之邢因貨產僦居別村聞相者顧某善決人福壽踵門叩之顧望見笑曰君富足千鍾何着敗絮見人豈謂某無瞳耶邢嗤妄之顧細審曰是矣雖固蕭索乎然金穴不遠矣邢又妄之顧曰不惟暴富且得麗人邢終不以爲信顧推之出曰且去且去驗後方索謝耳是夜獨坐月下忽二女自天降視之皆麗姝詫爲妖因致詰問初不肯言邢將號召鄉里朱懼始以實告且囑勿洩願終從焉邢思世家女不與妖人婦等遂遣人告諸其家其父

母自女飛升零涕惶惑忽得報書驚喜過望立刻命與
馬星馳而去報邢百金攜女歸邢得艷妻方憂四壁得
金甚慰往謝顧顧又審曰尚未尚未泰運已交百金何
足言遂不受謝先是紳歸請于上官捕楊楊預遁不知
所之遂籍其家發牒追朱朱懼牽邢飲泣邢亦計窘姑
賂承牒者賃車騎攜朱詣紳哀求解脫紳感其義爲極
力營謀得贖免留夫妻於別館懽如戚好紳女幼受劉
聘劉一時顯秩也聞女寄邢家信宿以爲辱反姻書與
女絕婚紳將議姻他族女告父母誓從邢邢聞之喜朱

亦喜自願下之紳憂邢無家時楊居宅從官貨因購之
夫妻遂歸出曩金粗治器具蓄婢僕旬日間耗費已盡
但冀女來當復得其資助一夕朱謂邢曰孽夫楊某曾
以千金埋樓下惟妾知之適視其處磚石依然或窖藏
無恙未可知往共發之果得金因信顧術之神厚報之
後女于歸妝貲豐盈不數年富甲一郡矣
異史氏曰蓮殲滅而楊獨不死又附益之幾疑恢恢者
疎而近於漏矣而孰知天之留之蓋爲邢也不然邢雖
否極而泰亦烏能倉卒起樓閣累巨金哉不愛一色而

天輒報之以兩嗚呼造物無言而意可知矣

陸押官

趙公湖廣武陵人官宮詹致仕歸有少年伺門下求司筆札公召入見其人秀雅如書生詰其姓名自言陸押官不索傭價公留之慧過凡僕往來牋奏輒任意裁荅無不工妙又主人與客奕陸覗之指點輒勝趙由是益優寵之諸僚僕見其得主人青顧咸相戲索俾作筵押官諾因問僚屬幾何會別業主計者皆至約三十餘人衆悉告之數以難之押官曰此大易但客多倉卒不能遽辦肆中可也遂徧邀諸侶赴臨街店既坐酒甫行有按壺起者曰諸君姑勿酌請問今日東道誰主宜先出貲爲質始可放情飲噉不然一舉數千鬨然都散於何取償也衆悉目押官押官笑曰得毋謂我無錢耶我固有錢乃起向盆中捻溼麵如拳碎掐置几上隨擲隨化爲鼠竄動滿案押官任捉一頭裂之啾然腹破得小金再捉亦如之頃刻鼠盡碎金滿前乃告衆曰是不足吾飲耶衆異之乃共恣飲既畢會直三兩餘衆秤金適符其數衆思白其異於主人遂索一枚懷之既歸告趙趙

命取金搜之已亡返質肆主則償貲悉化蒺藜僕還白趙趙詰之押官曰朋輩索逼酒食囊空實無貲少年學作小劇故試之耳衆復責償押官曰我非賺酒食者某村麥穰中再一簸揚可得麥二石足償酒價有餘也因浼一人同去某村主計者將歸遂與偕往至則淨麥數斛已堆塲中矣衆以此益奇押官一日趙赴友筵堂中有盆蘭甚茂愛之旣歸猶贊歎之押官曰誠愛此蘭無難致者趙猶未信淩晨至齋忽聞異香蓬勃則有蘭花一盆箭葉多寡宛如所見因疑其竊故審之押官曰臣家所畜不下千百何須竊爲趙妄之適某友至見蘭驚曰何酷肖寒家物也趙曰余適購之亦不識所自來但君出門時見蘭花尚在否某曰我實不曾至齋有無固不可知然何以至此趙視押官押官曰此無難辨公家盆破有補綴處此盆無也驗之始信夜告主人曰向言某家花卉頗多都疑妄謬今屈玉趾乘月往觀但諸人皆不可從惟阿鴨無害鴨宮詹之僮僕也遂如所請旣出已有四人荷肩輿伏候道左趙乘之疾於奔馬俄頃入山但聞奇香沁骨無何至一洞府見舍宇華耀迥異

人間隨處皆設花石精盆佳卉流光散馥即蘭花一種約有數十餘盆無不茂美觀已如前命駕歸押官從趙十餘年後趙無疾終遂與阿鴨俱出不知所往

陳錫九

陳錫九邳人父子言爲邑名士富室周某仰其聲望訂爲昏姻陳累舉不第而家蕭索游學于秦數年無耗陰有悔心以少女適王孝廉爲繼室王聘儀豐盈僕馬甚都以此益憎錫九貧堅意絕昏問女女不從怒以惡服飾遣歸錫九日不舉火周亦不甚顧卹一日使傭媼以

饁榼餉女入門向母曰主人使某視小姑姑餓死否女恐母慚強笑以亂其詞因出榼中肴餌列母前媼止之曰無須爾自小姑入人家何曾交換出一杯溫涼水吾家物料姥姥亦無顏啗噉得母大恚聲色俱變媼不服惡語相侵紛紜間錫九自外入訊知大怒撮毛批頰撻逐出門而去次日周來迎女女不肯歸明日復來增其人數衆口呶呶如將尋鬭母強勸女去女潸然拜母登車而去過數日又使人來逼索離昏書母強錫九與之惟望子言歸以圖別處周家有人自西安來久知子言

已死陳母哀憤成病尋卒哀迫之中猶冀妻臨久之渺然悲憤益切薄田數畝鬻治葬具葬已乞食赴秦以求父骨至西安徧訪居人或言數年前有書生死於逆旅葬之東郊今塚已沒錫九無策惟朝丐市廛暮宿野寺冀有知者會晚經叢葬處有數人遮道逼索飯價錫九曰我異鄉人乞食城郭何處少人飯價共怒捽之仆地以埋兒敗絮塞其口力盡聲嘶漸就危殆忽共驚曰何處官府至矣釋手寂然俄有車馬至便問臥者何人即有數人扶至車下車中人曰是吾兒也孽鬼何敢爾可

悉縛來勿致漏脫錫九覺有人去其塞少定細認眞其父也大哭曰我爲父骨良苦今固尚在人間耶父曰我非人太行總管也此來亦爲吾兒錫九哭益哀父稍稍慰諭之錫九泣述岳家離昏父曰無憂今新婦亦在母所母念兒甚可暫一往遂與同車馳如風雨移時至一官署下車入重門則母在焉錫九啜泣聽命見妻在母側問母曰兒婦在此得無泉下物耶母曰非也是汝父接將來待汝歸後當便送去錫九曰兒侍父母不願歸矣母曰辛苦跋涉而來爲父骨耳汝不歸初志云何也

且汝孝行已達天帝賜汝金萬勅夫妻享受正遠何言不歸錫九垂泣父數數促行錫九哭失聲父怒曰汝不行耶錫九懼收聲始詢葬所父挽之曰子行我告之去叢葬處百餘步有子母白榆是也挽之甚急竟不遑別母門外有健僕捉馬待之既超乘父囑曰日所宿處有少資斧可速辦裝歸向岳索婦不得婦勿休也錫九諾而行馬絕駛雞鳴至西安僕扶下方將拜致父母而人馬已杳尋至舊宿處倚壁假寐以待天明坐處有拳石礙股曉而視之白金也市棺賃輿尋雙榆下得父骨而

歸合厝既畢家無四壁幸里中憐其孝共飯之將往索婦自度不能武與族兄十九往及門門者絕之十九素無賴出詞穢褻周使人勸錫九歸願即送女去錫九乃還初女之歸也周對之罵壻及母女不語但向壁零涕陳母死亦不使聞得離書擲向女曰陳家出汝矣女曰我不曾悍逆出我爲何也欲歸覘其故又禁閉之後錫九如西安遂造凶訃以絕女志此事一播遂有杜中翰來議姻竟許之親迎有日女始知遂泣不食以被韜面氣如游絲周正無所方計忽聞錫九至發語不遜意料

女必死遂舁歸錫九意將待女死以洩其憤錫九歸而送女者已至猶恐錫九見其病而不內甫入門委之而去鄰里代憂共謀舁還錫九不聽扶置榻上而氣已絕始大恐正皇遽間周子率數人持械入門窗盡毀錫九逃匿苦搜之鄉人盡爲不平十九糾十餘人銳身急難周子兄弟皆被夷傷始鼠竄而去周益怒訟於官捕錫九十九等錫九將行以女尸囑鄰媼忽聞榻上若息近視之秋波微動矣少時已能轉側大喜詣官自陳宰怒周訟誣周懼啗以重賂始得免錫九歸夫妻相見悲喜

交并先是女絕食奄臥自矢必死忽有人捉起曰我陳家人也速從余去夫妻可以相見不然無及矣不覺身已出門兩人扶登肩輿頃刻至官廨見公姑具在問此何所母言不必問容當送汝歸一日見錫九至竊喜一見遽別心頗疑怪公不知何事恒數日不歸昨夕忽歸曰我在武夷遲歸二日難爲保兒矣可速送兒婦去遂以輿馬送女忽見家門遂如夢醒女與錫九共述曩事相與驚喜由此夫妻相聚但朝夕無以自給錫九於村中設童蒙帳兼自攻苦每私語曰父言天賜黃金今四

堵空空豈訓讀所能發蹟耶一日自塾中歸遇二人問之曰君陳某耶錫九然之二人即出鐵索縶之錫九不解其故少間村人畢集共詰之始知郡盜所牽衆憐其寃釀錢賂役以是途中得無苦至郡見太守歷述家世太守愕然曰此名士之子溫文爾雅烏能作賊命脫縲絏取盜嚴梏之始供爲周某賄囑錫九又訴翁壻反面之由太守益怒立刻拘提即延錫九至署與論世好蓋太守舊邳宰韓公之子故子言受業門人也贈燈火之費以百金又以二騾代步使不時趨郡以課文藝轉於

各上官游揚其孝自總制而下皆有餽遺錫九裘馬而歸夫妻慰甚一日妻母哭至見女伏地不起女駭問之始知周已被械在獄矣女哀哭自咎但欲覓死錫九不得已詣郡爲之緩頰太守釋令自贖罰穀一百石批賜孝子陳錫九旣歸出倉粟雜糠粃而輦運之錫九謂女曰而翁以小人之心度君子矣烏知我必受之而瑣瑣雜糠覈耶因笑郤之錫九家雖小有而垣牆陋敝一夜羣盜入僕覺大號止竊兩騾而去後半年餘錫九夜讀聞撾門聲問之寂然呼僕起共視之門一啟兩騾躍入

則向所亡也直奔櫪下咻咻汗喘燭之各負革囊解視則白鏹滿中大異不知所自來後聞是夜大寇刧周盈裝出適防兵追急委其捆載而去騾識故主遂奔至也周自獄中歸刑創猶劇又遭盜刧大病尋卒女夜夢父囚縶而至曰吾生平所爲悔之不及今受冥讉非若翁無能解脫爲我代求壻致一函焉醒而嗚泣詰之具以告錫九久欲一詣太行即日遂發既至備牲物酬祝之即露宿其處冀有所見終夜無異遂歸周死母子益貧仰給於次壻王孝廉考補縣尹以墨敗舉家徙瀋陽益無所歸錫九時顧卹之

異史氏曰善莫大于孝鬼神通之理當宜然使尚德之達人也者即終貧猶將取之烏論後此之必昌哉或以膝下之嬌女付諸頒白之叟而揚揚曰某貴官吾東牀也嗚呼宛宛嬰嬰者如故而金龜壻以諭葬歸其慘已甚矣而況以少婦從軍者乎

于去惡

北平陶聖俞名下士順治間赴鄉試寓居郊郭偶出戶見一人負笈佢儴似卜居未就者畧詰之遂釋負於道

相與傾語言論有名士風陶大悅之請與同居客喜攜囊入遂同棲止客自言順天人姓于字去惡以陶差長兄之于性不喜游矚常獨坐一室而案頭無書卷陶不與談則默臥而已陶疑之搜其囊篋則筆硯之外更無長物怪而問之笑曰吾輩讀書豈臨渴始掘井耶一日就陶借書去閉戶抄甚疾終日五十餘紙亦不見其摺疊成卷竊窺之則每一稿脫輒燒灰吞之愈益怪焉詰其故曰我以此代讀耳便誦所抄書頃刻數篇一字無訛陶悅欲傳其術于以爲不可陶疑其吝詞涉誚讓于曰兄誠不諒我之深矣欲不言則此心無以自剖驟言之又恐驚爲異物柰何陶固謂不妨于曰我非人實鬼耳今冥中以科目授官七月十四日奉詔考簾官十五日士子入闈月盡榜放矣陶問考簾官何爲曰此上帝慎重之意無論烏吏鱉官皆考之能文者以內簾用不通者不與焉蓋陰之有諸神猶陽之有守令也得志諸公目不覩墳典不過少年持敲門磚獵取功名門既開則棄去再司簿書十數年卽文學士胸中尚有字耶陽世所以陋劣倖進而英雄失志者惟少此一考耳陶深

然之由是益加敬畏一日自外來有憂色歎曰僕生而貧賤自謂死後可免不謂迍邅相從地下矣陶請其故曰文昌奉命都羅國封王簾官之考遂罷數十年遊神耗鬼雜入衡文吾輩寧有望耶陶問此輩皆誰何人曰即言之君亦不識畧舉一二人大概可知樂正師曠司庫和嶠是也僕自念命不可憑文不可恃不如休耳言已怏怏遂將治任陶挽而慰之乃止至中元之夕謂陶曰我將入闈煩於昧爽時持香注於東野三呼去惡我便至乃出門去陶沽酒烹鮮以待之東方既白敬如所囑無何于偕一少年來問其姓字于曰此方子晉是我良友適於場中相邂逅聞兄盛名深欲拜識同至寓秉燭爲禮少年亭亭似玉意度謙婉陶甚愛之便問子晉佳作當大快意于曰言之可笑闈中七題作過半矣細審主司姓名裹具徑出奇人也陶煽爐進酒因問闈中何題去惡魁解否于曰書藝經論各一夫人而能之策問自古邪僻固多而世風至今日奸情醜態愈不可名不惟十八獄所不得盡抑非十八獄所能容是果何術而可或謂宜量加一二獄然殊失上帝好生之心其宜

增與否與或別有道以清其源爾多士其悉言勿隱弟策雖不佳頗謂痛快表擬天魔殄滅賜羣臣龍馬天衣有差次則瑤臺應制詩西池桃花賦此三種自謂場中無兩矣言已鼓掌方笑曰此時快心放兄獨步矣數辰后不痛哭始爲男子也天明方欲辭去陶留與同寓方不可但期暮至三日竟不復來陶使于往尋之于曰無須子晉拳拳非無意者日既西方果至出一卷授陶曰三日失約敬錄舊藝百餘作求一品題陶捧讀大喜一句一贊畧盡一二首遂藏諸笥談至更深方遂留與于共榻寢自此爲常方無夕不至陶亦無方不懽也一夕倉皇而入向陶曰地榜已揭于五兄落第矣于方臥聞言驚起泫然流涕二人極意慰藉涕始止然相對默默殊不可堪方曰適聞大巡環張桓侯將至恐失志者之造言也不然文場尚有翻覆于聞之色喜陶詢其故曰桓侯翼德三十年一巡陰曹三十五年一巡陽世兩間之不平待此老而一消也乃起拉方俱去兩夜始返方謂陶曰君不賀五兄耶桓侯前夕至裂碎地榜榜上名字止存三之一偏閱遺卷得五兄甚喜薦作交南巡海

使且晚輿馬可到陶大喜置酒稱賀酒數行于問陶曰君家有閒舍否問將何爲曰子晉孤無鄉土又不忍恝然於兄弟意欲假館相依陶喜曰如此爲幸多矣即無多屋宇同榻何礙但有嚴君須先關白于曰審知尊大人慈厚可依兄塲闈有日子晉如不能待先歸如何陶留伴逆旅以待同歸次日方暮有車馬至門接于蒞任于起握手曰從此别矣一言欲告又恐阻鋭進之志問何言曰君命淹蹇生非其時此科亦十分之一後科桓侯臨世公道初彰十之三三科始可望也陶聞欲中止

于曰不然此皆天數即明知不可而註定之艱苦亦要歷盡耳又顧方曰勿淹滯今朝年月日時皆良即以輿蓋送君歸僕馳馬自去方忻然拜别陶中心迷亂不知所囑但揮涕送之見輿馬分途頃刻都散始悔子晉北旋未致一字而已無及矣三塲畢不甚滿志奔波而歸入門問子晉家中並無知者因爲父述之父喜曰若然則客至久矣先是陶翁晝臥夢輿蓋止於其門一美少年自車中出登堂展拜訝問所來荅云大哥許假一舍以入闈不得偕來我先至矣言已請入拜母翁方謙却

適家媪出白夫人產公子矣恍然而醒大奇之是日陶言適與夢符乃知兒即子晉後身也父子各喜名之小晉兒初生善夜啼母苦之陶曰倘是子晉我見之啼當止俗忌客忤故不令陶見母患啼不可耐乃呼陶入陶呼之曰子晉勿爾我來矣兒啼正急聞聲輒止停睇不瞬如審顧狀陶摩頂而出自是竟不復啼數月後陶不敢見之一見則折腰索抱走去則啼不可止陶亦狎愛之四歲離母輒就兒眠兒他出則假寐以俟其歸兒於枕上教毛詩誦聲呢喃夜盡四十餘行以子晉遺文授

之欣然樂讀過口成誦試之他文不能也八九歲眉目朗徹宛然一子晉矣陶兩入闈皆不第丁酉文場事發簾官多遭誅譴貢舉之途一肅乃張巡環力也陶下科中副車尋貢遂灰志前途隱居教弟常語人曰吾有此樂翰苑不易也

異史氏曰余每至張夫子廟堂瞻其鬚眉凜凜有生氣又其生平喑啞如霹靂矛馬所至無不大快出人意表世以將軍好武遂置與絳灌伍寧知文昌事繁須侯固多哉嗚呼三十五年來何暮也

鳳仙

劉赤水平樂人少穎秀十五入縣庠父母早亡遂以游蕩自廢家不中貲而性好修飾衾榻皆精美一夕被人招飲忘滅燭而去酒數行始憶之急返聞室中小語伏窺之見少年擁麗者眠榻上宅臨貴家廢第恒多怪異心知其狐卽亦不恐入而叱曰臥榻豈容鼾睡二人遑遽抱衣赤身遁去遺紫紈袴一帶上繫針囊大悅恐竊去藏衾中而抱之俄一蓬頭婢自門罅入向劉索取劉笑要償婢請遺以酒不應贈以金又不應婢笑而去旋反曰大姑言如賜還當以佳耦爲報劉問伊誰曰吾家皮姓大姑小字八仙共臥者胡郎也二姑水仙適富川丁官人三姑鳳仙較兩姑尤美自無不當意者劉恐失信請坐待好音婢去久之復返曰大姑寄語官人好事豈能猝合適與之言方遭詬厲但緩時日以待之吾家非輕諾寡信者劉付之過數日渺無信息薄暮自外歸閉門甫坐忽雙扉自啟兩人以被承女郎手捉四角而入曰送新人至矣笑置榻上而去近視之酣睡未醒酒氣猶芳赬顔醉態傾絕人寰喜極爲之捉足解襪抱體

緩裳而女已微醒開目見劉四肢不能自主但恨曰八仙淫婢賣我矣劉狎抱之女嫌膚冰微笑曰今夕何夕見此凉人劉曰子兮子兮如此凉人何遂相歡愛既而曰婢子無耻玷人牀寢而以妾換袴耶必小報之從此靡夕不至綢繆甚殷袖中出金釧一枚曰此八仙物也又數日懷繡履一雙來珠嵌金繡工巧殊絕且囑劉暴揚之劉出誇示親賓來觀者皆以貲酒爲贄由此奇貨居之女夜來忽作別語怪問之荅云姊以履故恨妾欲攜家遠去隔絕我好劉懼願還之女云不必彼方以此挾妾如還之中其機矣劉問何不獨留曰父母遠去一家十餘口俱托胡郎經紀若不從去恐長舌婦造黑白也從此不復至踰二年思念綦切偶在途遇女郎騎欵段馬老僕鞚之摩肩過反啟障紗相窺丰姿艷絕頃一少年後至曰女子何人似頗佳麗劉極贊之少年拱手笑曰太過獎矣此即山荊也劉惶愧謝過少年曰此何妨但南陽三葛君得其龍區區者又何足道劉疑其言少年曰君不認竊眠臥榻者耶劉始悟爲胡敘僚壻之誼嘲謔甚歡少年曰岳新歸將一省覲可同行否劉喜

從入鎣山山上故有邑人避亂之宅女下馬入少間數人出望曰劉官人亦來矣入門謁見翁媼又一少年先在靴袍炫美翁曰此富川丁壻並揖即坐少時酒炙紛綸談笑頗洽翁曰今日三壻並臨可稱佳集又無他人可喚兒輩來作一團圞之會俄姊妹俱出翁命設坐各傍其壻八仙見劉惟掩口而笑鳳仙輒與嘲弄水仙貌少亞而沉重溫克滿座傾談惟把酒含笑而已於是履舄交錯蘭麝熏人飲酒樂甚劉視牀頭樂具畢備遂取玉笛請爲翁壽翁喜命善者各執一藝因而合座爭取

惟丁與鳳仙不取八仙曰丁郎不諳可也汝寧屈指不伸者因以拍板擲鳳仙懷中便串繁響翁悅曰家人之樂極矣兒輩俱能歌舞何不各進所長八仙起捉水仙曰鳳仙從來金玉其音不敢相勞我兩人可歌洛妃一曲二人歌舞方已適婢以金盤進果都不知其何名翁曰此自眞臘攜來所謂田婆羅也因掬數枚送丁前鳳仙不悅曰壻豈以貧富爲愛憎耶翁微哂未言八仙曰阿爹以丁郎異縣故是客耳若論長幼豈獨鳳妹妹有拳大酸壻也鳳仙終不快解華妝以鼓拍授婢唱破窑

一折聲淚俱下既闋拂袖逕出一座爲之不懽八仙曰婢子喬性猶昔乃追之不知所往劉無顔亦辭而歸至半途見鳳仙坐路旁呼與並坐曰君一丈夫不能爲牀頭人吐氣耶黄金屋自在書中願好爲之舉足云出門匆遽棘刺破複履矣所贈物在身邊否劉出之女取而易之劉乞其敝者囅然曰君亦無賴矣幾見自已衾枕之物亦要護藏者如相見愛一物可以相贈出一鏡付之曰欲見妾當於書卷中覓之不然相見無期矣言已不見悒悵自歸視鏡則鳳仙背立其中如望去人於百

步之外者因念所囑謝客下帷一日見鏡中人忽現正面盈盈欲笑益愛重之無人時輒以共對月餘銳志漸衰遊恒忘返歸見鏡影慘然若涕隔日再視則背立如初矣始悟爲已之廢學也乃閉戶研讀晝夜不輟月餘則影復向外自此驗之每有事荒廢則其容戚數日攻苦則其容笑如是朝夕懸之如對師保如此二年一舉而捷喜曰今可以對我鳳仙矣攬鏡視之見畫黛彎長瓠犀微露喜容可掬宛然在目前愛極停睇不已忽鏡中人笑曰影裏情郎畫中愛寵今之謂矣驚喜四顧則

鳳仙已在座後握手問翁媪起居曰妾別後不曾歸家伏處巖穴聊與君分苦耳劉赴宴郡中女請與俱共乘而往人對面不相窺既而將歸陰與劉謀僞爲娶於郡也者女既歸始出見客經理家政人皆驚其美而不知其狐也劉屬富川令門人往謁之遇丁殷殷邀至其家欵禮優渥言岳父母近又他徙內人歸寧將復當寄信往並詣申賀劉初疑丁亦狐及細審邦族始知富川大賈子也初丁自別業暮歸遇水仙獨步見其美微睨之女請附驥以行丁喜載至齋與同寢處櫺隙可入始知爲狐言郎無見疑妾以君誠篤故願托之丁嬖之竟不復娶劉歸假貴家廣宅備客燕寢氾掃光潔而苦無供帳隔夜視之則陳設煥然矣過數日果有三十餘人賫旗采酒禮而至輿馬繽紛塡溢街巷劉揖翁及丁胡入客舍鳳仙逆媪及兩姨入內寢八仙曰婢子今貴不怨冰人矣釧履猶存否女搜付之曰履則猶是也而被千人看破矣八仙以履擊背曰撻汝寄於劉郎乃投諸火祝曰新時如花開舊時如花謝珍重不曾着姮娥來相借水仙亦代祝曰曾經籠玉笋着出萬人稱若使姮娥

見應憐太瘦生鳳仙撥灰曰夜夜上青天一朝去所懽
爾得纖纖影徧與世人看遂以灰捻杵中堆作十餘分
望見劉來托以贈之但見繡履滿杵悉如故欵八仙急
出推杵墮地地上猶有一二隻存者又伏吹之其踪始
滅次日丁以道遠夫婦先歸八仙貪與妹戲翁及胡屢
督促之亭午始出與衆俱去初來儀從過盛觀者如市
有兩寇窺見麗人魂魄喪失因謀刼諸途偵其離村尾
之而去相隔不盈一矢馬極奔不能及至一處兩崖夾
道輿行稍緩追及之持刀吼咤人衆都奔下馬啟簾則

老嫗坐焉方疑誤掠其母纔他顧而兵傷右臂頃已被
縛凝視之崖並非崖乃平樂城門也輿中人則李進士
母自鄉中歸耳一寇後至亦斷馬足而縶之門李執送
太守一訊而伏時有大盜未獲詰之即其人也明春劉
及第鳳仙亦恐招禍故悉辭內戚之賀劉亦更不他娶
及爲郎官納妾生二子

異史氏曰嗟乎冷煖之態仙凡固無殊哉少不努力老
大徒傷惜無好勝佳人作鏡影悲笑耳吾願恒河沙數
仙人並遣嬌女昏嫁人間則貧窮海中少苦衆生矣

佟客

董生徐州人好擊劍每慷慨自負偶在途中遇一客跨蹇同行與之語談吐豪邁詰其姓字云遼陽佟姓問何往曰余出門二十年適自海外歸耳董曰君遨遊四海閱人綦多曾見異人否佟問異人何等董乃自述所好恨不得異人所傳佟曰異人何地無之要必忠臣孝子始得傳其術也董又奮然自許卽出佩劍彈之而歌又斬路側小樹以矜其利佟掀髯微笑因便借觀董授之展玩一過曰此甲鐵所鑄爲汗臭所蒸最爲下品僕雖未聞劍術然有一劍頗可用遂於衣底出短刃尺許以削董劍毳如瓜瓠應手斜斷如馬蹄董駭極亦請過手再三拂拭而後反之邀佟過諸其家堅留信宿叩以劍法謝不知董按膝雄談惟敬聽而已更旣深忽聞隔院紛拏隔院爲生父居心驚疑近壁凝聽但聞人作怒聲曰教汝子速出卽刑便赦汝少頃似加搒掠呻吟不絕者直其父也生提戈欲往佟止之曰此去恐無生理宜審萬全生皇然請教佟曰盜坐名相索必將甘心焉君無他骨肉宜囑後事於妻子我啟戶爲君驚廝僕生諾

入告其妻妻牽衣泣生壯念頓消遂共登樓上尋弓覓矢以備盜攻倉皇未已聞佟在樓簷上笑曰賊幸去矣燭之已杳逡巡出則見翁赴鄰飲籠燭始歸惟庭前多編菅遺灰焉乃知佟異人也

異史氏曰忠孝人之血性古來臣子而不能死君父者其初豈遂無提戈壯往時哉要皆一轉念悞之耳昔解大紳與方孝孺相約以死而卒食其言安知矢約歸家後不聽牀頭人嗚泣哉邑有快役某每數日不歸妻遂與里中無賴通一日歸適值少年自房中出大疑苦詰

其妻妻堅不服既於牀頭得少年遺物妻窘無詞惟長跪哀乞某怒甚擲以繩逼令自經妻請妝服而死許之妻乃入室理妝某自酌以待之呵叱頻催俄妻炫服出含涕拜曰君果忍令奴死耶某以盛氣咄之妻反走入房方將結帶某執琖鏘然呼曰咍返矣一頂綠頭巾或不能壓人死耳遂爲夫婦如初此亦大紳者類也一笑

愛奴

河間徐生設教於恩臘初歸途遇一叟審視曰徐先生撤帳矣明歲授徒何所笑應曰仍舊叟曰敬業姓施有

舍甥延求明師適託某至東疃聘呂子廉渠已受贄稷門君如苟就束儀請倍於恩徐以成約為辭叟曰信行君子也然去新歲尚遠敬以黃金一金為贄暫留教之明歲另議若何徐可之叟下騎呈禮函且曰敝里不遙矣宅隘陋飼畜為艱請即遣僕馬去散步亦佳徐從之以行李寄叟馬上行三四里許日既暮始抵其宅漚釘獸鐶宛然世家呼甥出拜十三四歲童子也叟曰妹夫蔣南川舊為指揮使止遺此兒頗不鈍但嬌慣耳得先生一月善誘當勝十年未幾設筵備極豐美而行酒下食皆以婢媼一婢執壺侍立年十五六以來風致韻絕心竊動之席既終叟命安置牀寢始辭而去天未明兒出就學徐方起即有婢來捧巾侍盥即執壺人也日給三餐悉此婢至夕又來掃榻徐問何無僮僕婢但笑不言佈衾徑去次日復至入以游語婢笑不拒遂與狎因告曰吾家並無男子外事則託施舅妾名愛奴夫人雅敬先生恐諸婢不潔故以妾來今日但須緘密恐發覺兩無顏也一夜共寢忘曉為公子所遭徐慚怍不自安至夕婢來曰幸夫人重君不然敗矣公子入告夫人急

掩其口若恐君聞但戒妾勿得久畱齋館而已言已遂去徐甚德之然公子不善讀訶責之則夫人輒爲緩頰初猶遣婢言漸親出隔戶與先生語往往零涕顧每晚必問公子日課徐頗不耐作色曰既從兒懶又責兒工此等師我不慣作請辭夫人遣婢謝過徐乃止自入館以來每欲一出登眺輒錮閉之一日醉中怏悶呼婢問故婢言無他恐廢學耳如必欲出但請以夜徐怒曰受人數金便當淹禁死耶教我夜竄何之乎久以素食爲恥贄固猶在囊耳遂出金置几上治裝欲行夫人出默默不語惟掩袂哽咽使婢反金啟鑰送之徐覺門戶偪側走數步日光射入則身自陷冢中出四望荒涼一古墓也大駭而心感其義乃賣所賜金封堆植樹而後去之過歲復經其處展拜而行遙見施叟笑致溫涼邀之殷切心知其鬼而欲一問夫人起居遂相將入村沽酒共酌不覺日暮叟起償酒價便言寒舍不遠舍妹亦適歸寧望移玉趾爲老夫祓除不祥出村數武又一里落叩扉入秉燭向客俄蔣夫人自內出始審視之蓋四十許麗人也拜謝曰式微之族門戶零落先生澤及枯骨

眞無計可以償之言已泣下既而呼愛奴向徐曰此婢妾所憐愛今以相贈聊慰客中寂寞凡有所須渠亦畧能解意徐唯唯少間兄妹俱出婢留侍寢雞初唱叟即來促裝送行夫人亦出囑婢善事先生又謂徐曰從此尤宜謹秘彼此遭逢詭異恐好事者造言也徐諾而別與婢共騎至館獨處一室與同棲止或客至婢不避人亦不之窺也偶有所欲意一萌而婢已致之又善巫一挼掌而痾立愈清明歸至墓所婢辭而下徐囑代謝夫人諾之遂沒數日返方擬展墓見婢華妝坐樹下因與

俱發終歲往返如此爲常欲攜同歸執不可歲杪辭館歸相訂後期婢送至前坐處指石堆曰此妾墓也夫人未出閣便從服役夭殂瘞此如再過一炷香相弔當得復會既別而歸懷思頗苦敬往祝之殊無影響乃市櫬發塚意將載骨歸葬以寄戀慕穴開自入則見顏色如生然膚雖未朽而衣敗若灰頭上玉飾金釧都如新製又視腰間裹黃金數鋌卷懷之始解袍覆尸抱入材木賃輿載歸停諸別第飾以繡裳獨宿其旁冀有靈應忽愛奴自外入笑曰劫墳賊在此耶徐驚喜慰問婢曰向

從夫人住東昌三日既歸則舍宇已空頻嘗相邀所以不肯相從者以少受夫人重恩不忍離遏耳今既刼我來即速瘞葬便見厚德徐問古人有百年復生者今芳體如故何不效之歎曰此有定數世傳靈跡半涉幻妄要欲復起動履亦復何難但不能遂類生人故不必也乃啟棺入尸即自起亭亭可愛探其懷則冷若冰雪遂將入棺復臥徐強止之婢曰妾過蒙夫人寵眷主人自異域來得金數萬妾竊取之亦不甚追問後瀕危又無戚屬遂藏以自殉夫人痛妾夭謝又以寶飾入斂身所以不朽者不過得金寶之餘氣耳若在人世豈能久乎必欲如此切勿強以飲食若使靈氣一散則游魂亦消矣徐乃構精舍與共寢處笑語亦如常人但不食不息不見生人年餘徐飲薄醉執殘瀝強灌之立刻倒地口中血水流溢終日而尸已變哀悔無及厚葬之

異史氏曰夫人教子無異人世而所以待師者何厚也豈不亦賢乎余謂豔尸不如雅鬼乃以措大之俗莽致靈物不享其年惜哉

章邱朱生素剛鯁設帳於某貢士家每譴弟子內輒

遣婢媼出爲乞免頗不聽之一日親詣窗外與朱關說朱怒操界方大罵而出婦懼而奔朱追之自後橫擊臀股鏘然作皮肉聲一何可笑

長山某翁每歲延師必以一年束金合終歲之虛盈計每日得如干數又以師離齋歸齋之日詳記籍歲終則公同按日而乘除之馬生館其家初見操珠盤來得故甚駭既暗生一術反嗔爲喜聽其覆算不少校翁於是大悅堅訂來歲之約馬假辭以故有某生號乖謬馬因薦以自代既就館動輒詬罵翁無奈悉含忍之歲杪攜珠盤至生勃然忿不可支姑聽其算翁又以途中日盡歸於西生不受撥珠歸東兩爭不決操戈相向兩人破頭爛額而赴公庭焉

小梅

蒙陰王慕貞世家子也偶游江浙見媼哭於途詰之言先夫止遺一子今犯死刑誰有能出之者王素慷慨誌其姓名出槖中金爲之斡旋竟釋其罪其人出聞王之救已也而茫然不解其故訪詣旅邸感泣謝問王言無他卽憐汝老母耳其人大駭自言母故已久王亦異之

抵暮媪來申謝王咎其謬誣媪曰實相告我東山老狐
也二十年前曾與兒父有一夕之好故不忍其鬼之餒
也王悚然起敬再欲詰之已失所在先是王妻賢好佛
不茹葷酒治潔室懸觀音像以無子嗣日日焚禱其中
而神又最靈輒示夢教人趨避以故家中事皆取決焉
後有疾綦篤移榻其中又別設錦裀於內室而扃其戶
若有所伺王以爲惑而以其疾勢昏瞀不忍傷之臥病
二年惡囂常屏人獨寢潛聽之似與人語啟門視之則
寂然矣病中他無所慮有女子十四歲惟日催治裝遣

嫁既醮呼王至榻前執手曰今訣矣初病時菩薩告我
命當速死念不了者幼女未嫁因賜少藥俾延息以待
去歲菩薩將回南海留案前侍女小梅爲妾服役今將
死薄命人又無所出保兒妾所憐愛恐娶妒婦令其子
母失所小梅姿容秀美又溫淑即以爲繼室可也蓋王
有一妾生一子名保兒王以其言荒唐曰卿素敬者神
今出此言不已褻乎荅云小梅事我年餘相忘形骸我
已婉求之矣問小梅何處曰室中非耶方欲再詰闔眼
已逝王夜守靈幃聞室中隱隱啜泣大駭疑爲鬼喚諸

婢妾啟鑰視之則二八麗者縗服在室衆以爲神共羅拜之女歛涕扶掖王凝注之俛首而已王曰如果亡室之言非妄請卽上堂受兒女朝謁如其不可僕亦不敢妄想以取罪過女靦然出竟登北堂王使婢爲設席南嚮王先拜女亦荅拜下而長幼卑賤以次伏叩女莊容坐受惟妾至則挽之自夫人臥病婢惰奴偷家久替衆叅已肅肅列侍女曰我感夫人誠意羈留人間又以大事相委汝輩宜各洗心爲主效力從前愆尤悉不校討不然莫謂室無人也共視座上眞如懸觀音圖像時被微風吹動者聞言悚惕閧然並諾女乃排撥丧務一切井井由是大小無敢懈者女終日經紀內外王將有作亦禀白而行然雖一夕數見並不交一私語既殯王欲申前約不敢徑告囑妾微示意女曰妾受夫人諄囑義不容辭但匹配大禮不得草草年伯黃先生位尊德重求使主秦晉之盟則惟命是聽時沂水黃太僕致仕閒居於王爲父執往來最善王卽親詣以實告黃奇之卽與同來女聞卽出展拜黃一見驚爲天人遜謝不敢當禮旣而助妝優厚成禮乃去女餽遺枕履若奉舅姑由

此交益親合㕘後王終以神故裂中帶肅時研詰菩薩
起居女笑曰君亦大愚焉有正直之神而下婚塵世者
王力審所自女曰不必研窮既以爲神朝夕供養自無
殃咎女御下常寬非笑不語然婢漸戲狎時遂見之則
默默無聲女笑諭曰豈爾輩尚以我爲神也耶我何神
哉實爲夫人姨妹少相交好姊病見思陰使南村王姥
招我來第以日近姊夫有男女之嫌故托爲神道閉內
室中其實何神衆猶不深信而日侍其傍見其舉動不
少異於常人浮言漸息然卽頑鈍之婢王素撻楚所不

能化者女一言無不樂於奉命者皆云並不自知實非
畏之但睹其貌則心自柔故不忍拂其意耳以此百廢
具舉數年中田地連阡倉廩萬石矣又數年妾產一女
女舉一子子生右臂有朱點因字小紅彌月女使王盛
筵招黃黃賀儀豐渥但辭以耄不能遠涉女遣兩媼强
邀之黃始至抱兒出袒其右臂以示命名之意又再三
問其吉凶黃笑曰此喜紅也可增一字名喜紅女大悅
更出展叩是日鼓樂充庭貴戚如市黃留三日始去忽
門外有輿馬來迎女歸寧向十餘年並無瓜葛共議之

而女若不聞理妝竟抱子於懷要王相送王從之至二三十里許寂無行人女停輿呼王下騎屏人與語曰王郎王郎會短離長謂可悲否驚問其故女曰君以妾何人也荅以不知女曰江南拯一死罪有之乎曰有曰哭於路者吾母也感義而思所報乃因夫人好佛附爲神道實將以妾報君也今幸生此襁褓物此願已慰妾視君晦運將來此兒在家恐不能育故借歸寧解兒厄難君記取家有死口時當於晨雞初唱時詣西河柳堤上見有挑葵花燈來者遮道苦求可免災難王諾之因訊

歸期女云不可預定要當牢記吾言後會亦不遠也臨別執手愴然交涕俄登輿疾若風王望之不見始返經六七年絕無音問忽四鄉瘟疫流行死者甚衆一婢病三日死王念曩囑頗以關心是日與客飲大醉而睡既醒聞雞鳴急起至堤頭見燈火閃爍適已過去急追之步隔百步許益追益遠漸不可見懊恨而返數日暴病尋卒王族多無賴共憑陵其孤寡田禾樹木公然伐取家日陵替踰歲保兒又殤一家更無所主族人益橫割裂田產廐中牛馬俱空又欲瓜分第宅以妾居故遂將

數人來强奪鬻之妾戀幼女母子環泣慘動鄰里方危
難間俄聞門外有肩輿入共視之則女引小郎自車中
出四顧人紛如市問此何人妾哭訴其由女顏色慘變
便喚從來僕役闔門下鑰衆欲抗拒而手中若痿女令
一一受縛繫諸廊柱日與薄粥三甌即遣老僕奔告黃
公然後入堂哀泣泣已謂妾曰此天數也已期前月來
適以母病耽延遂至於今不謂轉盻間已成邱墟問舊
時婢媼則皆被族人掠去又益欷歔越日婢僕聞女至
悉自遁歸相見無不流涕所繫族人共譟兒非慕貞遺

體女亦不置辯既而黃公至女引兒出迎黃握兒臂便
捋右袂見朱記宛然因袒示衆人以証其確乃細審失
物登簿記名親詣邑令令拘無賴輩各笞四十械禁嚴
追不數日田地馬牛並歸故主黃將歸女引兒泣拜曰
妾非世間人叔父所知也今以此子委叔父矣黃曰老
夫一息尚在無不爲區處黃去女盤查就緒托兒於妾
乃具饌爲夫祭掃半日不返視之則杯饌猶陳而人杳
矣
異史氏曰不絕人嗣者人亦不絕其嗣此人也而實天

也至座有良朋車裘可共迨宿莽既滋妻子淩夷則車中人望望然去之矣死友而不忍忘感恩而思所報獨何人哉狐乎倘爾多財吾爲爾宰

績女

紹興有寡婦夜績忽一少女推扉入笑曰老姥無乃勞乎視之年十八九儀容秀美袍服炫麗媪驚問何來女曰憐媪獨居故來相伴媪疑爲侯門亡人苦相詰女曰媪勿懼妾之孤亦猶媪也我愛媪潔故相就兩免岑寂固不佳耶媪又疑爲狐默然猶豫女竟升牀代績曰媪

無憂此等生活妾優爲之定不以口腹相累媪見其溫婉可愛遂安之夜深謂媪曰攜來衾枕尚在門外出溲時煩代捉入媪出果得衣一裹女解陳榻上不知是何錦繡香滑無比媪亦設布被與之共榻羅襦甫解異香滿室既寢媪私念遇此佳人可惜身非男子女於枕上笑曰姥七旬猶妄想耶媪曰無之女曰既不妄想柰何欲作男子媪益知爲狐大懼女又笑曰願作男子何心而又懼我耶媪益恐股戰搖牀女曰胆如此大還欲作男子實相告我眞仙人然非禍汝者但須謹言衣食自

一瀾眼界下願已足若休咎自有定數非所樂聞忽見布幕之中容光射露翠黛朱櫻無不畢見似無簾幙隔者生意眩神馳不覺傾拜拜已而起則厚幙沉沉聞聲不見矣悒悵間竊恨未覩下體俄見簾下繡履雙翹瘦不盈指生又拜簾中女曰君歸休妾體惰矣媼延生別室烹茶爲供生題南鄉子一調於壁云隱約畫簾前三寸凌波玉筍尖點地分明蓮瓣落纖纖再著重臺更可憐花襯鳳頭彎入握應知軟似綿但願化爲蝴蝶去裙邊一嗅餘香死亦甜題畢而去女覽題不快謂媼曰我

言緣分已盡今不妄矣媼伏地請罪女曰罪不盡在汝我偶墮情障以色身示人遂被淫詞汚褻此皆自取於汝何尤若不速遷恐陷身情窟轉刧難出矣遂襆被出媼追挽之轉瞬已失

張鴻漸

張鴻漸永平人年十八爲郡名士時盧龍令趙某貪暴人民共苦之有范生被杖斃同學忿其寃將鳴部院求張爲刀筆之詞約其共事張許之妻方氏美而賢聞其謀諫曰大凡秀才作事可以共勝而不可以共敗勝則

人人俱貪天功一敗則紛然瓦解不能成聚今勢力世界曲直難以理定君又孤脫有翻覆急難者誰也張服其言悔之乃婉謝諸生但爲創詞而去質審一過無所可否趙以巨金納大僚諸生坐結黨被收又追捉刀人張懼亡去至鳳翔界資斧斷絕日既暮踟躇曠野無所歸宿欻覩小村趨之老媼方出闔扉見之問所欲爲張以實告媼曰飲食牀榻此都細事但家無男子不便留客張曰僕亦不敢過望但容寄宿門內得避虎狼足矣媼乃令入閉門授以草薦囑曰我憐客無歸私容止宿未明宜早去恐吾家小娘子聞知將便怪罪媼去張倚壁假寐忽有籠燈晃耀見媼導一女郎出張急避暗處微窺之二十許麗人也及門覩草薦詰媼媼實告之女怒曰一門細弱何得容納匪人卽問其人焉往張懼出伏堦下女審詰邦族色稍霽曰幸是風雅士不妨相留然老奴竟不關白此等草草豈所以待君子命媼引客入舍俄頃羅酒漿品物精潔既而設錦裀於榻張甚德之因私詢其姓氏媼言吾家施氏太翁夫人俱謝世止遺三女適所見長姑舜華也媼既去張視几上有南華

經註因取就枕上伏榻翻閱忽舜華推扉入張釋卷搜覓冠履女即榻上撫生曰無須無須因近榻坐靦覥然曰妾以君風流才士欲以門戶相託遂犯瓜李之嫌得不相遐棄否張皇然不知所對但云不敢相誑小生家中固有妻耳女笑曰此亦見君誠篤顧亦不妨旣不嫌憎明日當煩媒妁言已欲去張探身挽之女亦遂止未曙即起以金贈張曰君持作臨眺之資向暮宜晚來恐爲傍人所窺張如其言早出晏歸半年以爲常一日歸頗早至其處村舍全無不勝驚怪方徘徊忽聞媼云來

何早也一轉盼則院落如故身固已在室中矣益異之舜華自內出笑曰君疑妾耶實對君言妾狐仙也與君固有夙緣如必見怪請即別張戀其美亦安之夜謂女曰卿旣仙人當千里一息耳小生離家三年念妻孥不去心能攜我一歸乎女似不悅謂琴瑟之情妾自分於君爲篤君守此念彼是相對綢繆者皆妄也張謝曰卿何出此言諺云一日夫妻百日恩義後日歸而念卿猶今日之念彼也設得新忘故卿何取焉女乃笑曰妾有褊心於妾願君之不忘於人願君之忘之也然欲暫歸

此復何難君家固咫尺耳遂把袂出門見道路昏暗張逡巡不前女曳之走無幾時曰至矣君歸妾且去張停足細認果見家門踰垝垣入見室中燈火猶熒近以兩指彈扉內問阿誰張具道所來內秉燭啟關眞方氏也兩相驚喜握手入帷見兒臥牀上慨然曰我去時兒裁及膝今身長如許矣夫婦偎倚恍如夢寐張歷述所遭問及訟獄始知諸生有瘐死者有遠徙者益服妻之遠見方縱體入懷曰君有佳耦想不復念孤衾中有零涕人矣張曰不念胡以來也我與彼雖云情好終非同類

獨其恩義難忘耳方曰君以我何人也張審視竟非方氏乃舜華也以手探兒一竹夫人耳大慚無語女曰君心可知矣分當自此絕交猶幸未忘恩義差足自贖過二三日忽曰妾思癡情憐人終無意味君日怨我不相送今適欲至都便道可以同去乃向牀頭取竹夫人共跨之令閉兩眸覺離地不遠風聲颼颼移時尋落女曰從此別矣方將訂囑女去已渺悵立少時聞村犬鳴吠蒼茫中見樹木屋廬皆故里景物循途而歸踰垣叩戶宛如前狀方氏驚起不信夫婦詰証確實始挑燈嗚咽

而出旣相見涕不可仰張猶疑舜華之幻弄也又見牀頭兒臥一如昨夕因笑曰竹夫人又攜入耶方氏不解變色曰妾望君如歲枕上啼痕固在也甫能相見全無悲憐之情何以爲心矣張察其情始執臂欷歔具言其詳問訟案所結並如舜華言方此感慨聞門外有履聲問之不應蓋里中有惡少久窺方豔是夜自别村歸遥見一人入垣去謂必赴淫約者尾之而入甲故不甚識張但伏聽之及方氏亟問乃曰室中何人也方諱言無之甲言竊聽已久敬將執姦耳方不得已以實告甲曰

張鴻漸大案未消卽使歸家亦當縛送官府方苦哀之甲詞益狎逼張忿火中燒不可制止把刀直出剁甲中顱甲踣猶號又連剁之遂斃方曰事已至此罪益加重君速逃妾請任其辜張曰丈夫死則死耳焉能辱妻累子以求活耶卿無顧慮但令此子勿斷書香目卽瞑矣天漸明赴縣自首趙以欽件中人姑薄懲之尋由郡解都械禁頗苦途中遇女子跨馬過以老嫗捉鞚蓋舜華也張呼嫗欲語淚隨聲墮女返轡手啟障紗訝曰表兄也何至此張畧述之女曰依兒平昔便當掉頭不顧然

予不忍也寒舍不遠即邀公役同臨亦可少助資斧從
去二三里見一山村樓閣高整女下馬入令嫗啟舍延
客既而酒炙豐美似所夙備又使嫗出曰家中適無男
子張官人即向公役多勸數觴前途倚賴多矣遣人措
辦數十金爲官人作費兼酬兩客尚未至也二役竊喜
縱飲不復言行日漸暮二役徑醉矣女出以手指械械
立脫曳張共跨一馬駛如飛少時促下曰君止此妾與
妹有青海之約又爲君逗遛一晌久勞盼注矣張問後
會何時女不荅再問之推墮馬下而去既曉問其地太

原也遂至郡賃屋授徒焉托名宮子遷居十年訪知捕
亡寖怠乃復逡巡東向既近里門不敢遽入俟夜深而
後入及門則牆垣高固不復可越只得以鞭撾門久之
妻始出問張低語之喜極納入作呵叱聲曰都中少用
度即當早歸何得遣汝半夜來入室各道情事始知二
役逃亡未反言次簾外一少婦頻來張問伊誰曰兒婦
耳兒安在曰赴都大比未歸張涕下曰流離數年兒已
成立不謂能繼書香卿心血殆盡矣話未已子婦已溫
酒炊飯羅列滿几張喜慰過望居數日隱匿房榻惟恐

人知一夜方臥忽聞人語騰沸捶門甚厲大懼並起聞
人言曰有後門否益懼急以門扉代梯送張度垣而出
然後詣門問故乃報新貴者也方大喜深悔張遁不可
追挽是夜越莽穿榛急不擇途及明困殆已極初念本
欲向西問之途人則去京都通衢不遠矣遂入鄉村意
將質衣而食見一高門有報條粘壁間近視知爲許姓
新孝廉也頃之一翁自內出張迎揖而告以情翁見儀
貌都雅知非賺食者延入相欵因詰所往張托言設帳
都門歸途遇寇翁畱誨其少子張畧問官閥乃京堂林

下者孝廉其猶子也月餘孝廉偕一同榜歸云是永平
張姓十八九少年也張以鄉譜俱同暗中疑是其子然
邑中此姓良多姑默之至晚解裝出齒錄急借披讀眞
子也不覺淚下共驚問之乃指名曰張鴻漸卽我是也
備言其由張孝廉抱父大哭許叔姪慰勸始收悲以喜
許卽以金帛函字致各憲臺父子乃同歸方自聞報日
以張在亡爲悲聞孝廉歸感傷益痛少時父子並入駭
如天降詢知其故始共悲喜甲父見其子貴禍心不敢
復萌張益厚遇之又歷述當年情狀甲父感愧遂相交

好

嫦娥

太原宗子美從父遊學流寓廣陵父與紅橋下林嫗有素一日父子過紅橋遇之固請過諸其家瀹茗共話有女在旁殊色也翁亟贊之嫗顧宗曰大郎溫婉如處子福相也若不鄙棄便奉箕帚如何翁促子離席使拜嫗曰一言千金矣先是嫗獨居女忽自至告訴孤苦問其小字則名嫦娥嫗愛而留之實將奇貨居之也是時宗年十四睨女竊喜意翁必媒定之而翁歸若忘心灼熱

隱以白母翁聞而笑曰曩與貪婆子戲耳彼不知將賣黃金幾何矣此何可易言踰年翁媼並卒子美不能忘情嫦娥服將闋託人示意林嫗嫗初不承宗忿曰我生平不能輕折腰何媼視之不直一錢若負前盟須見還也嫗乃云曩或與而翁戲約容有之但無成言卽都忘却今既云云我豈留嫁天王耶要日日裝束實望易千金今請半焉可乎宗自度難辦亦遂置之適有寡媼僦居西鄰有女及笄小名顛當偶窺之雅麗不減嫦娥向慕之每以餽遺階進久之漸熟往往送情以目而欲語

無間一夕踰垣乞火宗喜挽之遂相燕好約爲嫁娶辭以兄負販未歸由此蹈隙往來形迹周密一日偶經紅橋見嫦娥適在門內疾趨過之嫦娥望見招之以手宗駐足女又招之遂入女以背約讓宗宗述其故便入室取黃金一鋌付之宗不受辭曰自分永與卿絕遂他有所要受金而爲卿謀是負人也受金而不爲卿謀是負卿也誠不敢有所負女默良久曰君所約妾頗知之其事必無成即令成之妾不怨君之負心也其速行媼將至矣宗倉卒無以自主受之而歸心緒紛亂進退罔知

所從隔夜以告顛當顛當深然其言但勸宗專意嫦娥宗不語願下之宗乃悅即遣媒納金林嫗嫗無辭以嫦娥歸宗入門后悉述顛當言嫦娥微笑陽慫恿之宗喜急欲一白顛當而顛當迹久絕嫦娥知其爲己因暫歸寧故予之間囑宗竊其佩囊已而顛當果至與商所謀但言勿急既而解衣狎笑脇下有紫荷囊將便摘取女覺之變色起曰君與人一心而與妾二負心郎請從此絕宗屈意挽解不聽竟去一日過門探察之已另有吳客僦居其中蓋顛當子母徙去已久影滅跡絕莫可問

訊怨歎而已宗自娶嫦娥家暴富連閣長廊彌亘街路嫦娥善諧謔適見美人畫卷宗曰吾自謂如卿天下無兩但不會見飛燕楊妃耳女笑曰若欲見之卽亦不難乃執卷細審一過便趨入室對鏡修裝傚飛燕舞風既又學楊妃帶醉長短肥瘦隨時變更風情意態對卷逼真方作態時有婢自外至不復能識驚問其僚既而審注恍然始笑宗喜曰吾得一美人而千古之美人皆在牀闥矣一夜方熟寢數人撬扉而入火光射壁女急起驚言盜入宗初醒卽欲鳴呼一人以白刃加頸懼不敢喘又一人掠嫦娥負背上鬨然而去宗始號家役畢集室中珍玩無少亡者宗大悲悵然失圖無復情地告官追捕殊無音息荏苒三四年鬱鬱常不聊賴因假赴試入都居半載占驗詢察靡計不施偶過姚巷值一女子垢面敝衣倨儽如丐停趾相之頗當也駭曰卿何憔悴至此荅云別后南遷老母卽世爲惡人掠賣富室撻辱凍餒所不忍言宗泣下問可贖否曰難矣恐耗費煩多不能爲力宗曰實告卿年來頗稱小有惜客中資斧有限傾裝貨馬所不敢辭如所需過奢當歸家營辦之約

明日出西城相會叢柳下囑獨往勿以人從宗諾之次日早往則女先在袿衣鮮明大非前狀驚問之笑曰曩試君心耳幸綈袍之意猶存請至敝廬宜必得當以報北行數武即至其家遂出肴酒相與談讌宗約與俱歸女曰妾多俗累不能從嫦娥消息固頗聞之宗急詢其何所女曰其行踪縹緲妾亦不能深悉西山有老尼一目眇問之當自知遂止宿其家天明示以徑宗至其處有古寺周墉盡頹叢竹內有茅屋半間老尼綴衲其中睹客至漫不爲禮宗揖之尼始舉頭致問因告姓氏即

白所求尼曰八十老瞽與世睽絕何處知佳人消息宗固求之氣益下乃曰我實不知有二三戚屬來夕相過或小女子輩識之未可知汝明夕可來宗乃出次日再至則尼他出敗扉扃焉伺之既久更漏已催明月高揭夜烏悲啼恇懼無所復之方徘徊際遙見二三女郎自外入則嫦娥在焉宗喜極突起急攬其袪嫦娥曰莽郎君嚇煞妾矣可恨顛當饒舌乃教情欲纏人宗曳坐執手款曲歷訴艱難不覺惻楚女曰實相告妾實姮娥被謫浮沉俗間其限已滿托爲寇劫所以絕君望耳尼亦

王丹守府者妾初謫時蒙其收䘏故暇時常一臨存君如釋妾當爲代致顛當宗不聽垂首隕涕女遥顧曰姊妹輩來矣宗方四顧而嫦娥已杳宗大哭失聲不欲復活因解帶自縊恍惚覺魂已出舍悵悵靡適俄見嫦娥來捉而提之足離於地入寺取樹上尸推擠之喚曰癡郎癡郎嫦娥在此忽若夢醒少定女恚曰顛當賤婢害妾而殺郎君我不能恕之也下山賃輿而歸既命家人治裝乃返身出西城詣謝顛當至則舍宇全非愕歎而返竊幸嫦娥不知入門嫦娥迎笑曰君見顛當耶宗愕然不能荅女曰君背嫦娥烏得顛當請坐待之當自至未幾顛當果至倉皇伏榻下嫦娥疊指彈之曰小鬼頭陷人不淺哉顛當叩頭但求貸死嫦娥曰推人坑中而欲脫身天外耶廣寒十一姑不日下嫁須繡枕百幅履百雙可從我去相共操作顛當恭白但求分工按時賫送女不許謂宗曰君若緩頰即便放却顛當目宗宗笑不語顛當目怒之乃乞還告家人許之遂去宗問其生平乃知其西山狐也買輿待之次日果來遂俱歸或有問者宗詭對之然嫦娥重來恒持重不輕諧笑宗強使

狎戲惟密教顛當爲之顛當慧絕工媚嫦娥樂獨宿每辭不當夕一夜漏三下猶聞顛當房中吃吃不絕使婢竊聽之婢還不以告但請夫人自往伏窗一窺則見顛當凝妝作己狀宗擁抱呼以嫦娥女哂而退未幾顛當心暴痛急披衣曳宗詣嫦娥所入門便伏嫦娥曰我豈醫巫厭勝者也汝自欲捧心傚西子耳顛當頓首但言知罪女曰愈矣遂起失笑而去顛當私謂宗吾能使娘子學觀音宗不信因戲相賭嫦娥每趺坐眸含若瞑顛當悄以玉瓶插柳置几上自乃垂髮合掌侍立其側櫻唇半啟瓠犀微露睛不少瞬宗笑之嫦娥開眸詰問顛當曰我學龍女侍觀音耳嫦娥笑罵之罰使學童子拜顛當束髮四面朝參之伏地翻轉逞諸變態左右側折襪能磨乎耳嫦娥解頤坐而蹴之顛當仰首口銜鳳鉤微觸以齒嫦娥方嬉笑間忽覺媚情一縷自足趾而上直達心舍意蕩思淫若不自主乃急斂神呵曰狐奴當死不擇人而惑之耶顛當懼釋口投地嫦娥又厲責之衆都不解嫦娥謂宗曰顛當狐性不改適間幾爲其所愚若非夙根深者墮落何難矣自是見顛當每嚴御之

顛當漸懼告宗曰妾於娘子一肢一體無不親愛之極
不覺媚之甚不惟不敢抑不忍宗因以告嫦娥嫦娥遇
之如初然以嬉戲無節數戒宗宗不能聽因而大小婢
婦競相狎戲一日二人扶一婢傚作楊妃二人以目會
意賺婢懈骨作酣態兩手遽釋婢暴顛堀下聲如傾堵
衆方大譁近撫之而妃子已作馬嵬甕矣衆懼急白主
人嫦娥驚曰禍作矣我言如何哉往驗之已不可救使
人告諸其父父某甲素無行號奔而至負尸入聽事呌
罵萬端宗閉戶惴恐莫知所措嫦娥自出責之曰主郎

虐婢至死律無償法且邂逅暴殂焉知其不再甦甲譟
言四支已冰焉有生理嫦娥曰勿譁縱不活自有官在
乃入聽事撫尸而婢已蘇隨手而起嫦娥反身怒曰婢
幸不死賊奴何得無狀可以草索縶送官府甲無詞長
跪哀免嫦娥言汝既知罪暫免究處小人無賴反復何
常留汝女終爲禍胎宜即將去原價若干當速爲措置
遣人押出俾浼二三村老劵証署尾已乃喚婢至前使
甲自問之無恙乎荅云無恙而後付之以去已乃集諸
婢數責徧扑又呼顛當爲之厲禁謂宗曰今而知爲人

上者一笑頻亦不可輕譃端開之自姿而流弊遂不可止凡哀者屬陰樂者屬陽陽極陰生此循環之定數婢子之禍是鬼神告之以漸也荒迷不悟則傾覆及之矣宗敬聽之顛當泣求扳脫嫦娥乃掐其耳逾刻釋手顛當憮然爲間忽若夢醒據地自投歡喜歌舞由此閨閣清肅無敢譁者婢至其家無疾暴死甲以贖金免村老代求憐恕許之又以服役之情施以材木而去宗常患無子嫦娥腹中忽聞兒啼遂以刃破左脇出之果男無何復有身又破右脇而出一女男酷類父女酷類母皆論昏於世家

異史氏曰陽極陰生至言哉然室有仙人幸能極我之樂消我之災長我之生而不我之死是鄉樂老焉可矣而仙人顧憂之耶天運循環之數理固宜然而世之長困而不一亨者又何以爲解哉昔宋人有求仙不得者每曰作一日仙人而死亦無憾我不復能笑之也

褚生

順天陳孝廉十六七歲時嘗從塾師讀於寺僧寺徒侶甚繁內有褚生自言東山人攻苦講求畧不暇息且寄

宿齋中未嘗一見其歸陳與最善因詰之荅曰僕家貧辦束金不易卽不能惜寸陰而加以夜半則我之二日可當人三日陳感其言欲攜榻來與共寢褚止之曰且勿且勿我視先生非吾師也阜城門有呂先生年雖耄可師請與俱遷之蓋都中設帳者多以月計月終束金完任其留止於是兩生同詣呂呂越之宿儒落魄不能歸因授童蒙實非其志也得兩生甚喜而褚又最慧過目輒了故尤器重之兩人情好欵密晝同几夜亦共榻月既終褚忽假歸十餘日不復至共疑之一日陳以故

至天寧寺遇褚廊下劈檾淬硫作火具焉見陳忸怩不自安陳問何遽廢讀褚握手請間慼然曰家貧無以遺先生必半月販始能一月讀陳感慨良久曰但往讀自合極力代籌褚感其言同歸塾戒陳勿洩但托故以告先生陳父固肆賈居物致富陳輒竊父金代褚遺師父以亡金責陳陳實告之父以爲癡遂使廢學褚大慚別師欲去呂知其故讓之曰子旣貧胡不早告乃悉以金反陳父止褚讀如故與共饔飱若子焉陳雖不入館然每邀褚過酒家飲褚固以避嫌不往而陳要之彌堅往

綠蛾開笑靨頻將紅袖拭香腮小心猶恐被人猜陳反復數四已而泊舟過長廊見壁上題咏甚多卽命筆記詞其上日已薄暮劉囘闥中人將出矣遂送陳歸入門卽別去陳見室暗無人俄延間褚生已入細審之却非褚生方自驚疑客遽近身而仆家人曰公子憊矣共扶曳之轉覺仆者非他卽已也既起見褚生在旁恍惚若夢屏人而研究之褚曰告之勿驚我實鬼也久當投生所以因循於此者高誼所不能忘故附君體以代捉刀三場畢此願了矣陳復求赴春闈曰君先世福薄慳吝

之骨誥贈所不堪也問將何適曰呂先生與僕有父子之分繫念常不能置表兄為冥司典簿求白地府主者或當有說遂別而去陳異之天明訪李姬將以問泛舟之事則姬死數日矣又至皇親園見題句猶存而淡墨依稀若將磨滅始悟題者為魂作者為鬼至夕褚喜而至曰所謀幸成敬與君别遂伸兩掌命陳書褚字於上以誌之陳將置酒為餞搖手曰勿須君若不忘舊好放榜後勿憚修阻陳揮涕送之見一人伺候於門褚方依依其人以手按其頂隨手而匾掬入囊負之而去過數

日陳果提於是治裝如越呂妻斷育十年五旬餘忽生一子兩手握固不可開陳至請見兒便謂掌中當有文曰褚呂不深信兒見陳十指自開視之果然驚問其故具告之共相歎異陳厚貽之乃返後呂以歲貢廷試入都舍於陳則兒十三歲已入泮矣

異史氏曰呂老教門人而不知卽自教其子嗚呼作善於人而降祥於已一間也哉褚生者未以身報師而先以魂報友其志其行可貫日月豈以其鬼故奇之與

霍女

朱大興彰德人家富有而吝嗇已甚非兒女婚嫁坐無賓廚無肉然佻達喜漁色色所在冗費不惜每夜踰垣過村從蕩婦眠一夜遇少婦獨行知爲亡者強脅之引與俱歸燭之美絕自言霍氏細致研詰女不悅曰既加收齒何必復盤察如恐相累不如早去朱不敢問留與寢處顧女不能安粗糲又厭見肉臛必燕窩或雞心魚肚白作羹湯始能饜飽朱無奈竭力奉之又善病自言日須參湯一碗朱初不肯女呻吟垂絕不得已投之病若失遂以爲常女衣必錦繡數日卽厭其故如是月餘

計所費不貲朱漸不供女啜泣不食但求復去朱懼又委曲順承之每苦悶輒令十數日一招優伶爲戲戲時朱設櫈簾外抱兒坐觀之女以無客數相誚罵朱亦不甚分解居二年家漸落向女婉言求少貶女許之用度皆損其半久之仍不給女不得已以肉糜相安又漸而不珍亦御矣朱竊喜忽一夜啟後闔亡去朱怊悵若失偏訪之乃知在鄰村何氏家何大姓世胄也豪縱好客燈火達旦忽有麗人半夜入閨詰之則朱家之逃妾也朱爲人何素藐之又悅女美遂竟納焉綢繆數日益惑之窮極奢欲供奉一如朱朱得耗坐索之何殊不爲意朱質於官官以其姓名來歷都不分曉置不理朱貨産行賕乃准拘質女謂何曰妾在朱家亦非采禮媒定者胡畏之何喜將與質成座客顧生獨云不可謂收納逋逃已干國紀況此女入門日費無度卽千金之家何能久也何大悟罷訟以女歸朱過一二日女又逃有黃生者故貧士無偶女叩扉入自言所來黃懷刑自愛豔麗忽投驚懼不知所爲固却之女不去應對間嬈婉無那黃心動留之而慮其不能安貧女早起躬操家苦劬勞

不可女逼促之黃不得已詣焉立刻兌付黃令封誌之曰遂以貧故遽相割捨倘室人必不肯從仍以原金璧趙方運金至舟則見女從榜人婦從船尾已登商舟遙顧作別並無悽戀黃驚魂離舍嗌不能言俄商舟解纜去如箭激黃大號欲追傍之榜人不從開舟南渡矣瞬息達鎮江運貲上岸榜人急解舟去黃守裝悶坐無所適歸望江水之滔滔如萬鏑之叢體方掩泣間忽聞嬌聲呼黃郎愕然四顧則女已在前途喜極負裝從之問卿何遽得來女笑曰再遲數刻則君有疑心矣黃乃疑

其非常固詰其情女笑曰妾生平於吝者則破之於邪者則誑之也若實與君謀君必不肯何處可致千金者借囊充牣而合浦珠還君幸足矣窮問何為乃僱役荷裝相將俱去至水門內一宅南向逕入俄而翁媼男婦紛出相迎皆曰黃郎來也黃入參公姥有兩少年揖坐與語是女兄弟大郎三郎也筵間味無多品玉柈四枚方几已滿雞蟹鵞魚皆臠切為箇少年以巨椀行酒談吐豪放已而導入別院俾夫婦同處衾枕滑耎而牀則以熟革代棕藤焉日有婢媪饋致三餐女或時竟日不

至黃獨居頗覺悶苦屢言歸女固止之一日謂黃曰今爲君謀請買一人爲子嗣計然買婢媵則價奢當僞爲妾也兄者使父與論昏良家子不難致黃不可女弗聽有張貢士之女新寡議聘金百緡女强爲娶之新婦小名阿美亦頗婉妙女嫂呼之黃跼蹐不自安而女殊坦坦他日謂黃曰妾將與大姊至南海一省阿姨月餘可返請夫婦安居遂去夫妻獨居一院按時給食飲亦甚隆備然自入門後曾無一人復至其室每晨阿美入覲媪一兩言輒退娣姒在旁惟相視一笑即留連久坐亦

不欵曲黃見翁亦如之偶值諸郎聚語黃至即都寂然黃疑悶莫可告語阿美覺之詰曰君既與諸郎伯仲何以月來都如生客黃倉猝不能致對吃吃而言曰我十年於外今始歸耳美又細審翁姑閥閱及妯娌里居黃大窘不能復隱底裏盡露女泣曰妾家雖貧無作賤媵者無怪諸宛若鄙不齒數矣黃惶怖失守莫知籌計惟長跽而前一一聽命美收涕挽之轉請所處黃曰僕何敢他謀計惟孑身自去耳女曰既嫁復歸於情何忍渠雖先從私也妾雖後至公也不如姑俟其歸問彼既出

此謀將何以置妾也居數月女竟不返一夜聞客舍喧飲黃潛往窺之見二客戎裝上坐一人裹豹皮巾凛若天神東首一人以虎頭革作兠牟虎口銜額鼻耳悉具焉驚異而返以告阿美竟莫測霍父子何人夫妻疑懼謀欲僦寓他所又恐生其猜度黃曰實告卿即南海人還折証已定僕亦不能家此也今欲擕卿去又恐尊大人別有異言不如姑別二年中當復至卿能待待之如他適者亦自任也阿美欲告父母而從之黃不可阿美流涕要以信誓乃別而歸黃入辭翁媪時諸郎皆他出翁挽留以待其歸黃不聽而行登舟淒然形神喪失至瓜州忽回首見片帆來駛如飛漸近則船頭按劍而坐者霍大郎也遥謂曰君欲遄返胡再不謀遺夫人去二三年誰復能相待也言次舟已逼近阿美自舟中出大郎挽登黃舟跳身逕去先是阿美既歸方向父母泣訴忽大郎將輿登門按劍相脅逼女風走一家懾息莫敢遮問女述其狀黃不解何意而得美良喜開舟遂發至家出貲營業頗稱富有阿美懸念父母欲黃一往探之又恐以霍女來嫡庶復有參差居無何張翁訪至見屋

宇修整心頗慰謂女曰汝出門後遂詣霍家探問見門戶已扃第主亦不之知半年竟無消息汝母日夜零涕謂被奸人賺去不知流離何所今幸無恙耶黃實告以情因猜爲神後阿美生子取名仙賜至十餘歲母遣詣鎭江至揚州界休於旅店從者皆出有女子來挽兒入他室下簾抱諸膝上笑問何名兒告之問取名何義荅云不知女言歸問汝父當自知乃爲挽髻自摘髻上花代簪之出金釧束腕上又以黃金內袖曰將去買書讀兒問其誰曰兒不知更有一母耶歸告汝父朱大輿死

無棺木當助之勿忘也老僕歸舍失少主尋至他室聞與人語窺之則故主母簾外微嗽將有咨白女推兒榻上恍惚已杳問之舍主竝無知者數日自鎭江歸語黃又出所贈黃感歎不已及詢朱則死裁三日露尸未葬厚恤之

異史氏曰女其仙耶三易其主不爲貞然爲吝者破其慳爲淫者速其蕩女非無心者也然破之則不必其憐之矣貪淫鄙吝之骨溝壑何惜焉

布商

布商某至青州境偶入廢寺見其院宇零落歎悼不已僧在側曰今如善信暫起山門亦佛面之光客慨然自任僧喜邀入方丈款待殷勤既而舉內外殿閣並請裝修客辭以不能僧固强之詞色悍怒客懼請即傾囊於是倒裝而出悉授僧將行僧止之曰君竭貲實非所願得毋甘心於我乎不如先之遂握刀客哀之切弗聽請自經許之逼置暗室而迫促之適有防海將軍經寺外遥自缺牆外望見一紅裳女子入僧舍疑之下馬入寺前後冥搜竟不得至暗室所嚴扃雙扉僧不肯開托以

妖異將軍怒斬關入則見客縊梁上救之片時復甦詰得其情又械問女子所在實則烏有蓋神佛現化也殺僧財物仍以歸客客益募修廟宇由此香火大盛趙孝廉豐原言之最悉

彭二掙

禹城韓公甫自言與邑人彭二掙並行於途忽回首不見之唯空蹇隨行但聞號甚急細聽則在被囊中近視囊內纍然雖則偏重亦不得墮欲出之則囊口縫紉甚密以刀斷綫始見彭犬臥其中既出問何以入亦茫不

自知蓋其家有狐爲祟事如此類甚多云

跳神

濟俗民間有病者閨中以神卜倩老巫擊鐵環單面鼓婆娑作態名曰跳神而此俗都中尤盛良家少婦時自爲之堂中肉於架酒於盆盛設几上燒巨燭明於晝婦束短幅裙屈一足作商羊舞兩人捉臂左右扶掖之婦剌剌瑣絮似歌又似祝字多寡參差無律帶腔室數鼓亂撾如雷蓬蓬聒人耳婦吻闢翕雜鼓聲不甚辨了既首垂目斜睨立全須人失扶則仆旋忽伸頸巨躍離地

尺有咫室中諸女子凜然愕顧曰祖宗來喫食矣便一噓吹燈滅內外冥黑人慄息立暗中無敢交一語語亦不得聞聲亂也食頃聞婦厲聲呼翁姑及夫嫂小字始共爇燭傴僂問休咎視尊中盎中案中都復空空望顏色察嗔喜肅肅羅問之荅若響中有腹誹者神已知便指某姍笑我大不敬將褫汝袴誹者自顧瑩然已裸輒於門外樹頭覓得之滿洲婦女奉事尤虔小有疑必以決時嚴妝騎假虎馬執長兵舞榻上名曰跳虎神馬虎勢作威怒尸者聲傖儜或言關張元壇不一號赫氣慘

凛尤能畏怖人有丈夫穴窗來窺輒被長兵破窗刺帽挑入去一家媼媳姊娣森森蹜蹜雁行立無歧念無懈骨

鐵布衫法

沙回子得鐵布衫大力法駢其指力斫之可斷牛項橫楔之可洞牛腹曾在仇公子彭三家懸木於空遣兩健僕極力撐去猛反之沙裸腹受木砰然一聲木去遠矣又出其勢即石上以木椎力擊之無少損但畏刀耳

美人首

諸商寓居京舍舍與鄰屋相連中隔板壁板有杉節脫處穴如琖忽女子探首入挽鳳髻絕美旋伸一臂潔白如玉衆駭其妖欲捉已縮去少頃又至但隔壁不見其身奔之則又去之一商操刀伏壁下俄首出暴決之應手而落血濺塵土衆驚告主人主人懼以其首首焉逮諸商鞫之殊荒唐淹繫半年迄無情詞亦未有以人命訟者乃釋商瘞女首

山神

益都李會斗偶山行值數人籍地飲見李至讙然並起

叟入座兢觴之視其杯饌雜陳珍錯移時飲甚懽但酒味薄濇忽遥有一人來面狹長可二三尺許冠之高細稱是衆驚曰山神至矣即都紛紛四去李亦伏匿坎窖既而起視則肴酒一無所有惟有破陶器貯溲滓瓦片上盛蜥蜴數枚而已

庫將軍

庫大有字君實漢中洋縣人以武舉隸祖述舜麾下祖厚遇之屢蒙拔擢遷僞周總戎後覺大勢既去潛以兵乘祖祖格拒傷手因就縛之納欵於總督蔡至都夢至

冥司冥王怒其不義命鬼以沸油澆其足既醒足痛不可忍後腫潰指盡墮又益之瘧輒呼曰我誠負義我誠負義遂死

異史氏曰事僞朝固不足言忠然國士庸人因知爲報賢豪之自命宜爾也是誠可以惕天下之人臣而懷二心者矣

聊齋志異卷十一終